KB063581

국어 선생님이지만, 책을 자주 읽지는 않아

국어 선생님이지만, 책을 자주 읽지는 않아

김은수 지음

책을 사랑하는 사람들에게
책을 사랑하지 않지만,
이 책을 보고 있는 당신에게

사랑과 감사의 마음을 꾹꾹 눌러 담아 드립니다.

차례

꿈을 이루어 가는 중입니다_들어가는 말 8

1부

2부

꿈을 이루어 가는 중입니다_들어가는 말

초등학생 때, 위인전 '장영실'을 본 후 과학자가 되고 싶었다. 신분을 뛰어넘어 재능으로 인정받는 사람의 모습이 멋있어 보였다. 그러다가 언제인지는 알 수 없지만, 선생님으로 꿈이 바뀌었다. 이유는 생각나지 않는다. 과학자가 되고 싶었지만 관련된 활동을 했던 기억은 아쉽게도 없다. 하지만 선생님 놀이를 했던 단편적인 기억이 있다. 여러 가지 동물 모양의 작은 인형들을 소파에 학생처럼 나란히 앉게 하고, 나는 이동식 가정 난로에 책을 올려두고 교탁처럼 사용하며 선생님 놀이를 했다. 대답 없는 인형들에게 질문을 하고 "잘했

어요."라며 혼자 웃으며 칭찬해주었던 모습이 떠오른다. 사람들 앞에 서는 것에 부끄러움을 느끼는 성격이었는데 집에서 혼자 놀이를 했던 걸 보면 가르치는 것에 흥미를 느끼고 있었던 것은 분명하다.

중학생이 되어서도 여전히 장래 희망란에 적은 꿈은 선생님이었다. 시간이 흘러 희망 대학을 정해야 했고, 지망 학과와 같은 진로를 상세하게 고민할 시기가 왔다. '초등학교' 선생님이 꿈이었지만 수능 등급에 치여 '중·고등학교' 선생님이 될 수 있는 과로 진학했다. 문과생이었으나 영어는 하기 싫었던 터라 사회 교육과와 국어 교육과 둘 중에 고민하다 필수과목인 국어가 낫겠다 싶어 국어 교육과를 선택했다. '국어' 선생님을 향한 기대나 바람은 없었다. 좋아하는 소설도 좋아하는 시도 좋아하는 작가도 좋아하는 그 무엇도 없었다. 아, '윤동주 시인'은 좋아했다. 엄마가 좋아하셨기에 시작된 관심이었고, 위인전 속 연희전문학교 졸업사진에 반해 시작된 일종의 '팬'과 같은 마음이었다. 별이 바람에 스치우는 밤이나, 우물을 혼자 찾아가던 사나이는 알지 못했다. 대학생이 되어서는 국어 선생님에 대한 막연한 꿈을 그리고, 임용고시를 준비하며 선생님이 되는 길은 생각보다 더 어렵고 좁은 길이라는 생각을 많이 하게 되었다.

시간이 흘러, 지금은 대안학교 국어 선생님으로 살고 있다. 대안학교에서 근무하는지라 초등학생도 가르치고, 중학생도 가르치며, 고등학생도 가르치고 있다는 것이 특별한 점이다. 초등학교 선생님이길 바랐고, 중·고등학교 선생님이길 바랐던 모든 시절을 지나, 내가 어릴 때부터 바랐던 모든 꿈의 집합소에서 있다는 것이 신기하기도 하면서 벅찰 때도 있다. 기도하고 바랐던 모든 꿈이 한 장소에서 이루어졌기에 여기가 내 자리라는 생각이 들었다. 이곳에서 일한 지 벌써 10년이 지났다. 나도 내 인생이 어디로 어떻게 흘러가고 있는지 알 수는 없지만, 일단은 재미있고 신나는 날들을 보내고 있다.

지금은 좋은 선생님이 되는 것이 꿈이다. 가르치는 일을 잘하는 것도 중요하지만, 삶을 먼저 살아가고 있는 선생(先生)님으로서 아이들에게 본이 되는 멋진 선생님이 되고 싶다. 빠르게 생성되고 쉽게 사라지는 말들이 난무한 세상에서 바른 생각을 가지고 남을 살리는 말을 하는 사람, 격려와 위로의 말이 습관화된 좋은 선생님이 되는 것이 나의 꿈이다.

그러려면, 나는 책을 좀 많이 읽을 필요가 있다. 내가 살아가는 시대의 흐름을 잘 읽고, 변화해갈 미래를 예측하는 방법은 가만히 있는다고 저절로 터득하는 것은 아니다. 급변

하는 시대 속에서 살아남는 방법은 어쩌면 '책 읽기'가 아닐까? 그런데 난 여전히 책 읽기가 습관화되지 않아 괴롭다. 국어 선생님들은 책을 참 많이 사랑하시던데 나 국어 선생님이 맞니? 이 길, 잘 걸어가고 있는 거니?

1부

책이 있는 공간을 좋아해

책 냄새 알아?

줄 서서 '새 책' 받기로 새 학기를 시작하는 경험을 해보신 분들은 알 거다.

새 책 받기의 즐거움, 설렘과 두근거림을!

새 학기 첫 등교는 늘 긴장이 된다. 내성적인 나는 3월 2일, 등교 첫날이면 낯선 교실, 낯선 친구들 사이로 조용히 들어갔다. 그리고는 선생님의 눈에 띄지 않는 자리, 적당히 잘 묻힐 수 있는 곳이라 생각했던 교실 중간쯤에 앉았다. 모두 등교를 하면 담임선생님께서는 본인의 이름을 칠판에 적으신다. 그리고는 번호대로 이름을 한 명씩 부르시고 눈을 맞추시며 출석했는지 확인하신다. 내 번호가 몇 번인지 알게 된 후, 우리가 제일 먼저 시작하는 일은 새 교과서 받기였다.

번호대로 줄을 선 후 교단 위에 나란히 쌓여있는 교과서들을 한 권씩 차례대로 품에 차곡차곡 쌓으며 이동한다. 교단 오른쪽으로 올라가 허리를 굽혀 바닥에 쌓인 교과서의 표지들을 구경하며 가져가다 보면 어느새 교단의 끝이 보인다. 가득 쌓인 책들이 쓰러지지 않도록 팔로 단단히 고정한 후 교단 왼쪽으로 내려와 자기 자리에 돌아온다. 품 안 가득하던 책들을 조심히 책상 위에 내려놓고는 한 권씩 구경하기 시작한다. 성이 김 씨인 사람의 특권은 번호가 앞쪽이라 자리로 돌아와 그 교과서들을 둘러볼 시간이 많다는 것!

대부분의 친구들은 국어책을 잡고 이야기를 읽기 시작했다. 글밥이 많아서 읽는 친구들도 있었고, 재미있는 이야깃거리가 담겨 있다는 걸 알기 때문에 국어책이 제일 읽기 좋았다.

나는 조용히 책의 중간을 펼쳐 코에 갖다 댄다. 새 책이 가지고 있는 특유의 책 냄새를 맡기 위해서이다. 헌책의 종이 냄새와는 다른 새 책 냄새는 공부하고 싶은 마음을 불러일으킨다. 물론 공부를 바로 시작한다는 것은 아니다. 그냥 그 책의 냄새, 그 특유의 향이 좋다. 책 냄새는 새 책이 쩍-벌어질 때 같이 희미하게 나온다. 희미한 책 냄새를 제대로 맡기 위해서는 숨을 크게 들이쉬어야 한다. 향긋하지는 않지만 새 것임을 알 수 있는 그 냄새가 좋다. 책 내용은 그다지 궁금하지 않았고, 책의 표지와 과목 이름을 따라 냄새 맡기 순서를 정했다. 국어책 두 권의 냄새는 같은지 다른지, 사진이 많으면 냄새가 특별한지 아닌지, 구별하기에 바빴다. 여전히 내용 파악하는 일은 뒷전이었다.

사실 '새것'의 냄새는 객관적으로 좋지 않은 경우들이 많다. 가죽으로 만든 잡화는 가죽 냄새를 빼기 위해 베란다에 며칠씩 두어야 하고, 섬유 냄새가 강한 옷은 빨고 난 후에 입어야 한다. 새 자동차에서 나는 냄새는 잘 빠지지 않아 이동 중 두통을 유발하기도 하고, 수개월을 고생하며 냄새 제거법을 검색하게 만든다. 이런 냄새가 지속된다면 물리적으로 고통으로 다가온다.
하지만, 그 불편함과는 별개로 '처음' 맡는 냄새는
기분을 좋게 만든다.
새 가방, 새 옷, 새 자동차라는
'티'가 나기 때문이다.

어릴 적 나는 '새' 학기 시작을 책의 냄새로 느꼈나 보다. 책이 가진 본래의 목적보다는 그것으로 인해 생긴 부차적인 것에 먼저 반응하는 특이한 사람이었을지도 모르겠다. 이런들 어떠하며 저런들 어떠하리! 나는 새 책이 좋았고, 책을 받는 시간은 새롭게 공부할 힘을 얻는 시간이 되었다. 그렇게 낯설고 어색한 개학 첫날을 견뎌냈다.

대학 도서관에서

'와! 도서관 진짜 넓다. 숨바꼭질해도 재미있겠다!'

대학 도서관에 처음 들어갔을 때 했던 생각이었다. 대학교에 입학하고 참여했던 첫 번째 과 행사는 대면식이었다. 선배들과 동기들의 얼굴을 익힌다는 명목으로 신입생들은 여러 명씩 조를 나누어 캠퍼스 곳곳을 돌아다녔다. 지정된 건물마다 선배들이 있었고, 서로의 이름을 외우며, 캠퍼스 지리를 익히는 시간을 보냈다.

가장 충격적이었던 곳은 바로 '도서관'이었다. 먼저는 언덕 위에 있는 위치에 놀랐다. 생김새는 정말 그리스 신전처럼 생겼다. 그렇지만 대체 왜 도서관을 언덕 위에 지었을까? 공부하러 오라는 말인가? 말라는 말인가? 신입생일 때는 일단 건물을 돌아다니는 즐거움이 있었다. 무엇보다 봄에는 벚꽃이 흩날려 즐겁게 다닐 수 있었다. 하지만, 여름이 다가오면서 땀을 흘리며 올라가는 수고로움이 필요했다. 가을에는 아름다운 노란 은행잎이 깔린 비단길을 걷고 싶은 마음보다 그 아래 숨어있는 은행 열매를 밟아 신발에 냄새가 진하게 묻을 거라는 쾨쾨한 두려움에 도서관 가는 길은 늘 고민이 되었다. 겨울엔 눈이라도 오면 미끄러움에 지레 겁을 먹었다. 목적지에 도착하기 전에 겪어야 하는 많은 과정들에 주춤거리던 순간들이 있었다.

다음으로는 엄청난 규모에 놀랐다. 대학을 가기 위해 주말마다 학교로 등교하듯 공부하러 갔던 동네 도서관과는 비교할 수 없었다. 엄청난 규모의 대학 도서관에 입이 벌어졌지만, 티 내지 않았다. 마치 서울에 처음 발을 디딘 시골뜨기처럼. 몇만 권이 있는지 셀 수 없을 정도로 많은 책들에 놀랐고, 심지어 층마다 자료실이 따로 존재하여 특별 자료를 찾는 방법도 익혀야 했다. '도서관'이라는 곳은 내가 생각했던 것보다 더 다양한 분야의 책들이 있는 공간이라는 새로운 깨달음을 얻는 순간이었다.

대학 도서관 방문에는 그런 여러 가지 수고가 필요했지만, 막상 도서관에 도착하면 즐거웠다. 이곳에서 숨바꼭질하면 너무 재미있을 것 같다는 생각과 함께 가지런히 쌓여있는 책들이 주는 안정감에 기분이 좋아졌다. 사실 '책'을 읽으러 그곳을 가는 일은 드물었다. 공간이 주는 편안함에 자꾸만 오고 싶었다. 공강 시간에는 '영화'를 보러 DVD실을 찾아갔다. 학교 과제를 수행하기 위해 관련 도서를 찾으러 방문했고, 그 근처에 앉아서 바리바리 싸 온 전공 책, 유인물을 늘어놓는 내 모습에 뭔가 '진짜' 대학생이 된 느낌이 들어 혼자 뿌듯함을 느낀 적도 있다.

북 카트를 끌고 다니며 책을 정리하는 봉사 활동하는 대학생들을 보면서 뭔가 멋져 보이기도 했다.

'어떻게 해야 여기서 일할 수 있는 걸까?"
'이곳에서 일하는 건 어떤 기분일까?'
'도서관의 책들은 위치를 누가 정한 걸까?'

'사서 선생님도 괜찮을 것 같다!'

여러 가지 생각들을 했던 대학생 때의 나. 지금 돌이켜 생각해보니, 나는 국어교육을 전공하는 학생이면서도 '국어교육'과 '책'을 연결 지어 생각하지는 않았던 사람이었다. '국어교육'은 보통 듣기·말하기·읽기·쓰기의 네 가지 영역으로 나누어 말하는데, '읽기' 영역과 밀접한 '책'은 왜 나에게서 멀었던 걸까? 도서관과 나의 관계는 어떻게 연결되어 있었는지 모르겠다. 임용고시를 준비하던 때에도 난 학교 도서관에서 공부했지만, 책을 읽는 공간이라기보다 조용하게 내 공부를 할 수 있는 독서실의 역할로 생각해왔다. 다른 사람들은 도서관을 어떻게 생각하고 있었는지 문득 궁금해졌다.

카페에 있는 책 완독해 본 사람

겨울이 되면, 방학 중 하루는 꼭 혼자서 카페에 간다. 언제 부터인지 알 수는 없지만, 혼자만의 시간이 필요하다고 느낀 어느 때부터인가 시작되었다. 그날은 나에게 온전히 시간을 맡기는 날이다. 시간은 제한을 두지 않는다. 커피나 차를 무척 좋아하는 것은 아니지만, 커피 향이 좋고 카페에서 느낄 수 있는 분위기가 좋아 시작한 나만의 습관과 같은 일이다.

아침에 느지막이 일어나 아침 겸 점심, 아점을 먹는다. 해 가 중천에 떴을 무렵, 가방에 가볍게 읽을 수 있는 얇은 책

한 권을 챙기고 집을 나선다. 배를 두둑이 채운 상태에서 버스 안의 난방을 빵빵하게 틀어주시는 버스 기사님들 덕분에 기분 좋게 객사에 도착한다. 혼자 보내는 시간을 그리 어려워하는 편이 아닌지라, 불편함 없이 내가 오늘 할 일들을 하나씩 생각해본다. 기간과 내 몸 상태가 맞는다면 헌혈을 하며 생의 보람을 느끼고, 헌혈로 받은 과자와 음료를 야무지게 가방에 넣어 카페로 이동한다. 카페는 정해진 곳으로 간다. 대학생 때부터 즐겨 가던 카페인데, 한옥을 개조한 느낌의 카페이다. 요즘의 신상 카페들처럼 전망이 좋은 곳이 아니며, 현대식의 깔끔함이 강점인 곳도 아니다. 카페는 그리 넓지 않지만 노래 선곡이 취향에 맞고, 커피가 맛있고, 무엇보다 분위기가 좋아서 가게 된다. 이 카페는 단체 손님을 받을 만한 공간이 없기에 보통 2~4명 정도의 손님들이 오는 편이다. 주말에는 붐비는 곳이지만, 평일의 이곳은 나름 조용하다. 각자의 공간을 인식하며 담소를 나누는 손님들의 존중과 배려도 좋다.

이곳에서 내가 제일 좋아하는 공간은 의자 뒤 깔끔하게 자리를 차지하고 있는 책장이다. '책'과 '커피'는 함께하기 좋은 친구라는 긴 많은 이들이 공감한다. 그 친구들의 만남이 이곳에서도 이루어지니, 함께 있는 모습을 바라보기만 해도

흐뭇하다. 책장 근처로 자리를 잡은 후, 달달구리한 티라미수 라테 한 잔을 따뜻하게 시킨다. 그리고 다시 책장 쪽으로 돌아와 책 제목을 주욱 훑어본다. 내가 아는 책, 읽어 본 책이 뭔지 세어본다. 그리고, 오늘 내가 골라 읽어볼 책은 무엇인지 찾는다. 분명 나는 책을 들고 왔지만 내가 가져온 책보다 더 재미있는 책을 찾아보는 이유는 여기 있는 머무르는 동안 다 읽을 수 있는 쉽고도 재미있는 책을 찾기 위해서이다. 꼭 다 읽지 않아도 되는데, 나 혼자 압박을 느끼는 이유는 연말이니 올해 읽은 책 권 수를 하나 더 올려 스스로에게 대견하다고 위로하기 위함이다. 책 읽기를 도와주는 애플리케이션으로 본다면 내가 이때껏 읽은 책등의 높이를 높이기 위해서이기도 하다.

어찌 되었든, 주문한 커피와 함께 오늘 읽을 책을 정해 읽기 시작한다. 주변의 소음들은 어느새 들리지 않고, 내가 몰랐던 세계와 만나고, 나를 만나고, 생각들을 정리하기 시작한다.

지나간 시간은 되돌아오지 않습니다. 아직 찾아오지 않은 행복을 마냥 기다리기보다는 지금의 행복을 충분히 느끼는 것이 중요하지 않을까요?

『곰돌이 푸, 행복한 일은 매일 있어』, P. 125

그 카페에서 우연히 발견한 이 책은 그날을 '행복'으로 이끌었다. 커피 한 잔으로 얻은 행복, 매해 '카페에서 책 읽기'를 하고 싶은 이유가 되었다. 아쉽게도 내 가방 속 책은 빛을 보지 못한 채 그대로 집으로 돌아왔다. 그 책과 함께 여전히 우리 집 책장에는 나에게 이름 불리기를 기다리는 책들이 늘어서 있다. 올해는 이 책들을 따로 구분해두고 꼭 읽어내겠다며 배치해두었지만, 아직도 책장 속에 잠들어 있다. 미안하지만 책 친구들! 올해가 가기 전에 꼭 만나러 갈게, 조금만 더 기다려줘.

서점과 MD(Merchandise, 이하 MD)

중·고등학생 때 전주 시내에 있는 객사에 대형 서점이 생겼다. 동네에서 문제집만 사러 다녔던 나는 대형 서점의 크기와 공간 구성에 환호했던 기억이 난다. 이때껏 내가 알던 서점은 책만 파는 곳이었다. 내가 생각하는 서점은 문제집을 파는 곳이었다. 자주 가던 서점에 자리 잡은 책의 절반은 문제집이었고, 나머지는 어떤 책들이 있었는지 기억도 나지 않는다. 그런데 그 서점은 달랐다. 책도 책이었지만 한쪽에는 음반을 들을 수 있는 헤드셋이 벽면에 여러 개 달려있었다. 다양한 음반이 전시되어 있었으며, 아이돌을 좋아하는 친구들을 위한 사인회도 간혹 열렸다. 서점과 함께 대형 문구점이 함께 입점해있었다. 다이어리, 볼펜, 스티커 등의 다양한 국내·외 상품이 화려하게 진열되어 있었다.

그러던 어느 날 갑자기 건물주의 요청에 따라 영업을 종료한다는 현수막이 붙었다. 다른 곳으로 이전을 하는 것도 아닌 영업 종료 소식에 당황할 수밖에 없었다. 문제집을 사는 나이가 아니었고 책을 열심히 찾고 골라 읽는 사람도 아니지만, 서점이 사라진다는 소식에 허무한 감정이 몰려왔다. 좋아하던 공간이 사라지니, 서점가는 즐거움과 추억을 통째로 빼앗기는 느낌이 들어 아쉬웠다. 나만 그렇게 아니었는지 연일 기사들이 나왔지만, 그와 별개로 서점의 폐업 소식은 변동 없이 그대로 진행되었다.

그렇게 대형 서점이 사라진 지 1년쯤 지났을까, 객사의 다른 공간에 중고 서점이 생겼다. 헌책방이라는 이름이 가져다주는 허름한 느낌의 공간이 아니었다. 깔끔하게 정리되어 있는 대형 서점의 느낌이 나는 곳이었다. 대형 온라인 서점이 오프라인으로 서점을 낸 가맹점과 같은 곳이었다. 신작을 바로 살 수는 없지만, 정가보다 훨씬 저렴한 금액에 최상급의 도서를 구매할 수 있어 좋았다. 가장 좋아한 건 집에 박혀있던 책들이 아니었을까 싶다. 책장에서 가만히 잠들어 있던 책들이 세상을 만나고 자신을 읽어주는 새로운 주인을 만나는 기회를 주었다. 이 중고 서점은 다시 책과 사람을 이어주는 다리 역할을 했다. 그렇게 내가 좋아하는 공간을 다시 찾았다.

가장 행복을 느꼈던 공간은 들어서자마자 왼쪽 벽면을 따라 자리해 있던 'MD'들이었다. 책과 관련된 상품들을 판매했다. 주로 머그 컵, 텀블러, 에코백이 있었다. 온라인 서점에서는 책을 사면 그 책 표지나 내용을 토대로 관련 상품에 디자인하여 판매했다. 온라인 서점을 방문하면 바로 뜨는 배너 속 상품들은 내 마음을 흔들었다. 그 상품들을 볼 때마다 상품이 좋아서 갖고 싶은데, 책은 내가 읽을 것 같지 않아 고민하던 날이 있었다. 하지만 이곳에 오면 책을 사지 않아도 그 상품들만 별도로 살 수 있었다. 내가 가지고 싶은 상품만 골라 살 수 있으니까 너무 행복했다. 책을 읽은 건 아닌데 책을 읽은 것 같고, 작가와 마음을 같이 하는 것 같아 작가에게 내적 친밀감을 느끼기도 했다. 무엇보다 책 속 문장 중에 핵심 문구만 쏙 골라내어 감성적인 디자인으로 표현되어 있어 단일 상품으로도 훌륭했다. 그렇게 MD들에 마음을 빼앗기기 시작했다.

지금도 MD를 보러 온라인 서점을 방문하고 책 관련 SNS를 탐색한다. 탐색의 즐거움을 얻은 후 나에게 필요하다 느끼는 상품을 향한 합리화를 마친다. 결국 귀엽고 아름다운 상품을 얻기 위해 책을 산다. 매월 달라지는 상품들과 표지가 새롭게 바뀐 책들의 아름다움을 느끼며, 오늘도 소비자들을 유혹하고 계시는 출판 업계의 홍보팀에게 감사의 마음을 전한다. 이번에도 텀블러를 얻기 위해 책을 구매했다. 텀블러는 너무 많아 꺼내어 실물을 보고 만족하며 어쩔 수 없이 다시 상자에 넣어두었고 책은 책장에 책등만 보인 채 꽂아두었다. 왜 샀는지 모르겠지만 둘 다 가졌다는 것이 마음을 행복하게 만들었다. 그러면 됐지 뭐.

내 사랑 윤동주

2016년, 한 흑백영화가 개봉했다. 제목은 '동주'. 어릴 때부터 막연하게 좋아하기 시작한 시인 '윤동주' 님의 인생을 담은 영화였다. 감독도 배우도 내용도 완벽한 서사를 이루었다. 흑백을 뚫고 나오는 윤동주 시인의 처절한 인생 이야기, 일제강점기를 살아내는 청년들의 암울하고 참혹했던, 그러나 희망을 잃지 않았던 그들의 모습에 엄청난 감동을 했다. 눈물을 흘리지 않을 수 없었고, 윤동주 시인을 제대로 알고 싶어졌다.

아, 나 국어 선생님이다. 학생들에게는 시 한 편 정도는

외워야 한다고 해놓고는 정작 나는 '서시'조차 더듬거리며 제대로 외우지 못하고 살았다. 윤동주 시인과 다른 결의 부끄러움을 느끼며 윤동주 시인을 알기 위해 필사를 하기로 마음먹었다. 필사 시집도 종류가 있었지만, '별책 부록 사진엽서 3종'이 적힌 시집으로 골랐다. 엽서가 더 기대되는 건 어쩔 수 없었다. 시의 구조와 시어들을 꼼꼼히 분석하여 문제 풀기 위해 공부하는 것이 아니었다. 시 전체를 손수 써봐야겠다는 생각이 들었기 때문에 필사를 시작하고 SNS에도 기록물을 올려두었다. 호기롭게 시작한 나의 필사 여정은 11개월이 걸렸다. 사실 필사한 날짜 기록을 보니 1월에 시작해서 10~11월에 몰아 쓰며 급히 마무리했다. 참, 어려운 필사의 여정이었다.

나의 MD 사랑은 '동주의 소포'에서 절정을 맞이했다. 내가 윤동주 시인을 좋아한다는 걸 아는 지인이 좋아할 것 같다며 보내준 선물이었다. 세상에, '윤동주 님에게서 온 소포'라니! 상상 속의 일이 현실로 이루어진 느낌이었다. 윤동주 님이 나에게 무언가를 보내주신다는 게 말이나 되는 일일까? 그것도 본인의 작품이 담긴 시집을, 마치 본인이 사용했을 것 같은 연필을 보내주시다니! 심각한 몰입의 상태에 빠졌다. 이렇게 아름다운 작품을 소포로 받게 해주시는 영광을 누리게 하신 그 마케팅 기획자는 누구인가, 만나서 감사하다고 인사라도 하고 싶었다. 사실 이 상품을 만나기 전까지는 문제를 풀기 위해 서시를 읽었고, 타자 연습을 위해 별을 헤아렸다. 이제는 달라져야 한다. 나는 윤동주 님께 소포를 받은 사람이다. 윤동주 님이 누구신지 제대로 알기 위해 소포 속 시집을 읽기 시작했다. 필사하던 때와 달리, 오롯이 시를 하나하나 읽어야 한다는 생각이 들었다. 윤동주 님의 마음을 알고 싶어서, 일제강점기 속 처절했던 한 청년의 인생을 제대로 알고 싶어서 시를 읽기 시작했다.

하아, 그런데 그것도 잠시였다. 깊은 사색과 함께할 줄 알았던 시집은 다시 책장에 꽂혔다. 글쎄, 난 어떻게 해야 책과 더 가까워질 수 있을까 고민하게 되었다. 그러던 중 청소년 문고로 분류된 윤동주 님의 인생을 토대로 한 소설을 한 권 읽었다. 다행히도 이 책은 어렵지 않게 읽어나갔다. 위인전을 읽는 기분도 들고, 어렵지 않게 그의 인생을 엿볼 좋은 기회가 되어 애정이 +10 쌓였다. 윤동주 시인과 관련한 책을 두 권 더 구매했다. 윤동주 시인의 몇 안 되는 산문을 모아놓은 수필집과 윤동주 시인과 일본인 검열관의 이야기를 다룬 소설. 그런데 그 책들은 여전히 책장에 꽂혀 있다. 윤동주 님을 존경하고 사랑하는 건 확실하다. TV 프로그램에서 나오는 윤동주 시인에 관한 예능 프로그램들도 다 챙겨보긴 했는데 책은 유독 안 읽히는 것을 보니 책이 싫은 거다. 시작하면 끝을 보는 성격이기에 제대로 끝낼 수 없다면 시작조차 하지 않는다. 그래서인지 책을 읽기 시작하는 것이 더 어려운 느낌이 든다. 그렇게 윤동주 시인과도 가까워지는 듯 거리 두기하고 있는 걸지도 모르겠다. 어쩔 수 없다. 책과 가까워지는 방법을 조금 더 연구해보기로.

삑! 대출되었어요

우리나라에는 나라(국공립)에서 운영하는 도서관이 아닌 민간(사립) 도서관이 있다. 그걸 '작은 도서관'이라 부른다. 현재 작은 도서관은 총 7,373개가 운영되고 있다(2022년 7월 기준). 물론 나라에서 운영하는 작은 도서관들도 있지만, 그것들보다 더 많은 수를 차지하고 있는 작은 도서관들의 환경을 말하고 싶다. 대부분은 교회, 아파트 등에서 많이 운영하고 있다.

내가 근무하는 학교는 교회 안에 있다. 학교가 시작되기 전에 이미 교회 이름을 따서 'ㅇㅇ문고'라는 이름을 가진 작은 도서관이 존재했다고 한다. 교육에 관심이 많으신 목사님께서 작은 도서관을 신청 및 등록했다고 하셨다. 사실 나에게는 작은 도서관이라는 말도 생소한데, 내가 생각하는 도서관과는 전혀 모양새가 달라 이게 왜 도서관인지 알 수 없었다. 작은 도서관의 기준을 찾아보니 면적, 좌석 수, 권수를 충족하면 되는 것이라 어려운 일이 아니었다. 그런데 문제는 책이 전혀 관리가 되지 않고 있다는 것이다. 몇 권이 있는지도 알 수 없었고 학생들이 좋아하는 책들은 너무 많이 읽어 책등이 너덜너덜해진 상태였다. 책 읽는 학생들만 불편할 뿐 누구도 유지·보수하는 이가 없었다. 관리하는 이가 없으니 책은 빠르게 낡아가고 있었다. 아마 대부분의 작은 도서관의 상태가 이렇지 않을까 싶다.

하고 싶은 일을 찾았다. 해보고 싶은 일을 찾았다. '대출' 바코드 찍어주는 일이다. 대학 도서관에서 생각했던 일, 책과 함께하는 일이기에 두근거리기 시작했다. 먼저 할 일은 전집류의 책들을 순서대로 꽂아두기, 제목이 같은 책 모으기였다. 그런데, 그보다 앞선 일이 필요했다. 이 책들을 정리할 프로그램 교육을 받는 일이었다. 바코드는 어떻게 만드는 것인지, 라벨은 어떻게 붙이고 인쇄하는 것인지 이리저리 찾아보고 교육을 받으러 다녔다. 자신감이 생겨 즐거웠다. 그래서 빠르게 정리할 줄 알았던 건 나의 착각이었다. 쉬는 시간만 생기면 나가서 바코드라벨, 라벨 키퍼를 붙이고 책을 쌓아두었다. 그 후 다시 프로그램에 책을 등록하고 색띠 라벨, 청구기호 라벨을 붙였다. 무한 반복과 같았던 장서 분류와 정리는 9개월, 거의 1년을 다 보내고서야 끝이 보였다. 그리고 책장에 이 순서에 맞게 정리하는 일을 해야 했다. 책장에 예쁘게 진열되도록 하는 일은 택배 일하시는 분들과 맞먹는 힘과 노력이 필요했고, 먼지를 먹고 뒤집어쓰는 일은 허다했다. 안 읽던 책들을 꺼내어 정리하는 것만으로도 '청소'하는 기분이 들었다.

책 정리는 끝났으니, 학생들에게 책을 빌리고 반납하는 방법을 알려주어야 했다. 다 같이 모여 도서관 교육을 하고 대출증을 만들어 주었다.

대출, 바코드 찍는 날이 오긴 왔다!
와, 학생들은 대출이 시작함과 동시에 신이 났다. 줄을 서서 몇 권까지 가능한지를 물었고, 집으로 가져갈 수 있다는 기쁨에 설렜다. 서로서로 빌리고 난 후에 자신에게 꼭 다음 순서를 달라고 약속을 받는 친구도 있었다. 사실 내가 제일 신났다. 책을 빌려주기 위해 찍는 대출증 바코드 소리, 도서 바코드 소리인 '삑'하는 소리가 너무 좋았다. 꿈꾸던 일, 소박하지만 해보고 싶었던 경험을 매 쉬는 시간마다 찾아오는 학생들 덕분에 이룰 수 있게 되었다. 새 책이 오는 날이면 우르르 몰려들어 먼저 빌리겠다고 오는 학생들의 모습이 너무 귀엽다. 학생들은 책 덕분에 기쁘고 나는 너희 덕분에 즐겁다.

섬에서 만난 서점

'어쩌면 우리나라에서 가장 먼- 책방' 방문기

    친구와 여행을 계획할 때면 소품 상점이나 서점 방문을 여행 일정에 넣는다. 무언가 소품을 사게 되면 그곳의 추억을 이 물건에 담아서 가져오는 느낌이 들기 때문이다. 처음 들린 곳에서 여러 가지 상품들을 보며 요즘 이곳에서 팔고 있는 주된 제품이 무엇인지 시장 조사를 마친다. 다음에 들어간 곳에서는 이전에 상점에서 보지 못한 제품들을 중심으로 둘러보고, 비슷한 제품들의 가격을 비교하고 더 예쁜 상품들을 손에 넣는다. 아기자기한 상품들은 보고 또 봐도 탄성이 나온다. 사지 않으려 했지만 어쩔 수 없이 손이 가고 어느새 내 가방 안에 들어와 있다. 가볍게 여행하자며 캐리어를 들지 않고 배낭으로 여행을 시작했다가 어느새 무거워진 가방으로 어깨가 부서질 것만 같은 느낌을 받으며 집으로 돌아온다.

제주도 동쪽에 있는 성산포항에서 10분 정도 배를 타고 가면 우도라는 섬에 갈 수 있다. 섬 속 또 다른 섬을 간다는 점이 우도가 가진 매력 중 하나이다. 작은 섬을 우도 버스 투어를 이용하면 간단하지만 확실하게 섬 전체를 다 둘러볼 수 있다. 아예 숙소를 잡아 하루 정도 머물면서 섬 곳곳을 천천히 돌아보아도 괜찮은 곳이다. 맛있는 밥집도 있고 예쁜 소품 가게도 있지만, 우리가 꼭 가보자고 했던 곳은 서점이다. 우도에는 '밤수지맨드라미'라는 유일한 책방이 있다. 우도에 유일하게 있는 서점이라는 말에 끌려 여행 계획에 이곳을 추가했다. 고맙게도 책을 내보겠다고 아등바등하고 있는 나를 잘 아는 친구가 이 서점에서 독립출판물도 팔고 있다는 정보를 알려주었다. 이로써 가고 싶은 이유가 추가되었다.

아침부터 서둘러 우도로 출발했다. 우도에 도착해서 버스표를 끊었다. 매표소 바로 옆에 있는 버스에 올라탔고 얼마 기다리지 않아 버스가 출발했다. 서점의 위치를 보고 우리가 내릴 곳을 기사님께 먼저 말씀드렸는데, 기사님은 서점이 있다는 것을 모르시는 것 같았다. 유일하다고 했는데 왜 모르시는 건지 의문이었다. 하지만 우리가 잘못하고 알고 있는 게 아니라는 것은 여러 블로거가 증명하고 있으니 기사님의 의혹에 아랑곳하지 않고 전흘동 해녀 탈의장에서 내리겠다고 말씀드렸다. 정류장인지 아닌지 알 수 없는 곳에 도착하여 휴대 전화로 내비게이션을 켠 후 우리가 갈 방향을 확인했다. 무척 유명하다는 버거집 바로 옆에 있는 책방을 발견했다. 찾았다는 기쁨과 함께 외관을 찍기 시작했다. 우도 특성상 2층 이상의 건물이 없는 이곳에서 유난스럽지 않은 가정집 분위기를 내는 이 서점이 마음에 쏙 들었다. 돌담으로 둘러싸여 있는 제주도 특유의 분위기를 가지고 있어 더 예뻐 보였다. 문을 열고 들어간 그곳은 환하지는 않지만 따뜻한 분위기 불빛으로 우리를 맞이하고 있었다.

'어쩌면 우리나라에서 가장 먼- 책방'
창문에 쓰여있는 이 문구가 밤수지맨드라미 서점의 정체성을 잘 나타냈다. 가로로 길게 낸 창문 옆에는 이곳의 모습을 잘 찍어둔 사진으로 만든 엽서들이 있었다. 언제나 그렇듯

책보다 이 엽서들에 눈이 먼저 갔다. 공간을 기억하는 좋은 방법은 그 공간을 찍은 사진을 가지고 있는 일이라 생각했다. 여러 가지 버전 중 해가 지는 시간에 창문 너머로 보이는 바다와 함께 책들이 놓여있는 분위기가 예뻐 얼른 한 장을 들었다. 집에 돌아가면 책상 앞에 붙여두고 책상에 앉을 때마다 고개를 들어 이 사진을 볼 때면 창문 너머 바다를 보는 느낌이 들겠다는 상상을 했다. '밤수지맨드라미'라는 익숙하지 않은 이 단어의 뜻을 설명한 벽면에도 이곳 사장님의 마음을 충분히 느낄 수 있었다.

벌써 5주년이 된 이 서점은 여전히 아름답게 운영되고 있어 마음이 따뜻해졌다. 소품도 같이 팔고 있는 이곳에서도 다양한 필기구, 문구류의 다양한 것들이 내 눈을 사로잡았다. 제주에서만 실컷 볼 수 있는 귤, 한라봉과 같은 소품들은 여러 번 보았으니 이것들 역시 눈으로만 즐겼다. 소품에서 시선을 돌려 책을 살펴보기 시작했다. 제주도 해녀분들의 이야기, 우도 시인의 시집 등 이곳에서만 볼 수 있는 작품들도 있었다. 하지만 분위기에 취해 그 책을 사 왔다가는 제대로 세상에 이야기를 꺼내지도 못하고 책장에서 오랜 시간 잠들 것 같아 눈으로만 담아두고 내가 육지로 가져가고 싶은 이야기들을 찾아보기로 했다.

그러다 문득 생각난 책은『우리는 서로 같고도 달라서』라는 책이다. 5년 가까이 몰래 보고 있는 블로그 이웃 캐롤라인 님의 소개로 이 책을 접하게 되었다. 블로그를 알게 된 계기는 국어 수업하시는 방법을 올려둔 글을 우연히 보게 되어 그 후로도 종종 찾아가게 되었는데 지금은 일상 글을 더 많이 보고 있다. 캐롤라인 님은 이미 본인의 책을 독립 출판으로 내본 적이 있다.『우리는 서로 같고도 달라서』저자인 철수 님이 독립 출판을 하는 방법을 알기 위해 연락하고 파일을 받아 갔지만 책을 만드는 과정이 도저히 이해되지 않았다고 한다. 결국 캐롤라인 님이 편집자가 되었고, 그 책으로 텀블벅 후원을 시작한다는 글을 보았다. 그 후 책의 가제본이 나온 이야기부터 진짜 책이 나와 판매되고 있다는 것, 제주도의 작은 독립 출판사에서 찍기 시작한 이 책은 나온 지 두 달 만에 2쇄에 들어갔고, 온라인 서점에서도 만날 수 있다는 이야기까지 보았다.

　　제주도에 왔으니 제주도 출판사의 책을 사 가는 것도 의미 있고, 국어 선생님들의 이야기를 사는 것도 좋은 방법이라는 생각에 주저 없이 들었다. 그리고 한 권 더, 동네 서점에서만 파는 동네 서점 베스트 컬렉션 중에서도 한 권을 골라 들었다. 아쉽게도 이건 우리 동네에서도 살 수 있는 건데 왜 샀는지, 지금 생각해보면 분위기에 취했다는 말밖에 설명이 되지 않는다.

　그리고 우리 반 학생들에게 줄 선물을 고민하며 여행하고 있는 때에 국어 선생님이 줄 수 있는 적합한 선물이 '편지 하나'라는 편지를 발견했다. 책의 꼴을 가지고 있지 않지만, 우리가 잘 아는 작품들을 편지 형태로, 즉 제본되지 않은 편지 형식의 책을 판매하는 것이었다. 오른쪽 위에는 작가와 작품 이름이 적혀있었고 우표에 우체국 도장도 찍혀있어 편지로 날아온 느낌이 들었다. 아쉬운 점이라면 우도에서 샀는데 보내는 사람은 '대구시'라는 부분. 그 부분은 못 본 척하고, 낭만적이라는 생각과 함께 아이들에게 가장 익숙할 작품들을 찾았다. 같은 작품이 학생 수와 맞았다면 좋았겠지만 그럴 수 없으니 어쩔 수 없이 두 작품을 골랐다.

　계산대에 오니 달력 속 날짜는 오늘이 아니었다. 태풍 때문에 배가 뜨지 않은 3일 전의 시간, 7월에 머물러 있었다. 사장님께 조용히 말씀드리니 웃으시며,

　'저희도 8월 되고 처음 오는 날이에요.'

　라고 하시며 서점 이름으로 된 책 도장을 책 아래쪽에 찍어주셨다. 태풍 와서 열지 못했다는 지극히 사실적이고도 단순한 말을 이렇게 예쁘게 표현하시다니! 사장님의 평소 심성

이 느껴지는 부분이었다. 감성이 뚝뚝 묻어나는 책 포장 봉투를 들고서 기분 좋게 다음 목적지로 이동했다. 다음에 우도에 또 올 수 있을까, 그때도 그대로 이렇게 서점이 있다면 두근거리는 마음으로 다시 방문하고 싶다. 오래오래 그곳에 있어 주세요, 사장님.

2부

국어 선생님과 책

필독 도서와 위인전 그리고 독서록

　어렸을 때, 위인전 독후감 써오기 숙제가 있었다. 부지런
하게 놀고, 열심히 세월을 보내다가 개학하기 일주일 전부터
위인전을 읽으려니 도저히 기한 안에 끝낼 수 없는 분량이 되
었다. 내가 택한 방법은 우리 집 빼곡히 자리 잡고 있던 위인
전집의 맨 마지막 두 권의 책을 보는 것이었다. 그 두 권은
세계 위인, 한국 위인들이 담긴 책으로 쪽수가 다른 책의 3
배는 되어 보이는 양장본의 위인 모음집이었다. 순서대로 번
호를 매기고 한 권씩 위인 이름으로 꽂혀 있는 위인들 외에
도 다양한 인물들을 소개하는 책이었다. 감사히도 모든 위인

을 매우 간략하게 2~4쪽으로 요약해주는 책이라는 점이 이 책 선정의 이유였다. 대충 읽다 보면 글의 형식이 비슷하다는 것을 알 수 있다. 위인의 직업이 나오고, 인물이 살던 시대가 나오고, 업적이 무엇이 있는지를 설명한다. 문장들을 몇 개 골라내어 나름의 방식대로 줄거리를 요약해서 쓰고, 쓰는 중에 생각나는 본받을 점을 한두 문장 쓰면 끝이 난다. 요약본만으로도 방학 숙제는 충분히 해결 가능했다. 이것이 나의 방학 숙제 요령이었다. (제발 이것을 따라 하는 학생들이 없기를 바란다. 기억에 남는 위인이 없다는 것을 알아주길 바라며, 숙제를 위한 숙제보다 공부가 되는 숙제를 하기를 바란다) 요즘도 이런 방학 숙제가 많은지 모르겠지만 내 경험에 따르면 위인들을 보며 존경심을 키우기보다, 과제에 치인 한 학생이었다는 게 아쉬울 뿐이다.

　　특이하게도 힘겹게 독서록을 완성하고 나면, 썼다는 것만으로도 굉장한 성취감을 느끼곤 했다. 책을 다 읽은 것도 아니면서 마치 책을 읽어낸 사람처럼 행동했던 것 같다. 지금 생각해보니 부끄러운 과거였다. 이 글을 쓰며 잠시 반성의 시간을 가졌다.
　　시간이 흘렀고, 이제는 내가 학생들에게 그런 독서록 숙제를 내기 시작했다. 별다른 규칙과 글쓰기에 도움이 되지 않는 일반 독서록에 적는 방학 숙제는 나에게 늘 많은 부담을 주었다. 어떻게 글을 써야 하는지 이 책이 나에게 어떤 영향을 주는지를 찾는 게 힘들었다. 선생님이 정해준 반드시 읽어야 하는 책 속에서 무엇을 배울 수 있는지 생각하는 게 어려웠기 때문이다.

그래서 학생들을 위한 독서록을 따로 만들었다. 종류는 총 세 가지이다. 초등 고학년부터 중학생까지 쓰는 책.읽.기 (책을 읽은 기록)와 고등학생이 쓰는 책 읽기, 그리고 초등학생 전체가 쓰는 위인전 기록장이다. 책.읽.기.의 기본 바탕은 김병완 작가님의 『초서 독서법』을 토대로 했다. 다산 정약용도 즐겨 했다는 초서 독서법은 단순히 책을 읽는 것에서 그치지 않는다. 책에서 중요하다고 생각한 부분들을 그대로 공책에 기록하고, 저자가 말하고자 하는 핵심 생각이 어떻게 문장 속에 녹아있는지를 찾게 했다. 또한 내 생각을 함께 기록하면서 나만의 독서 기록을 만드는 독서법이다.

읽기 전, 읽기 중, 읽기 후 단계로 나누어 글을 쓰게 했다. 읽기 전 단계는 표지, 차례 등 외부에서 충분한 힌트를 얻어

책의 내용을 짐작해보는 부분이다. 읽기 중 단계에서는 핵심 내용, 문장, 작가의 생각 등 읽어가며 써야 하는 많은 질문에 답을 적는 부분이다. 읽기 후 단계는 책을 읽고 난 후의 내 생각에 대한 변화를 쓰게 했다. 읽기 전과 다를 수밖에 없는 내 생각의 지평과 세상을 바라보는 관점, 안목에 관해 쓰는 부분이다.

이 방법이 마음에 들어 공책을 만들었지만, 첫해에는 무참하게 실패했다. 어려울 것 같아 예시로 한 작품을 읽고 답안을 작성하여 앞부분에 두었는데도 제대로 읽지 않은 친구들도 있었다. 또한 학생들이 느끼기에 중복되는 질문이 있었고, 질문의 의도를 이해하지 못해 공책의 빈칸을 메우기엔 너무 버겁다고 말하는 학생도 있었다. 무엇보다 여러 가지 영역의 책 읽기를 하나의 유형으로 정리하다 보니 문학작품을 읽을 때 술술 써 내려가던 질문들이 경제 관련 책은 질문에 제대로 대답할 수 없었다는 후기가 있었다. 공감되는 부분이 많아 결국 고등 책 읽기는 대폭 수정했다. 학생들을 설득해볼까 고민도 했지만, 학생들의 처지에서 생각하는 편이 낫겠다 싶어 수정하기로 했다. 앞으로도 책 읽기는 학생들의 의견을 들어가면서 학생들에게 도움이 되는 독서록을 만들어 갈 것이다. 생각은 깊이하고, 글쓰기는 쉽게 하며, 표현하는 능력을 키우는 책 읽기와 글쓰기 교육을 하고 싶다.

위인전 기록장은 책 이름, 지은이, 위인의 직업을 쓰는 부분을 따로 두었다. 그리고 어떤 내용을 담고 있는지, 새로 알게 된 사실이나 배울 점이 무엇인지에 대해 쓰게 했다. 인물에 대한 소개만 늘어놓기보다는 인물을 통해 알게 된 사실이나 느낌을 적게 하는 것이 중요했다. 그리고 기억에 남는 부분을 적게 했다. 모두 합해서 10~15줄 정도면 충분하다고 생각했다. 이 독서록은 아직 후기를 받지 못했다. 학생들의 독서록을 확인해보지 않았기 때문이다. 이 독서록 역시 부족한 게 있다면 다음에 또 보충하고, 실망하지 않고 학생들의 의견을 들으며 수정해야겠다는 마음을 먹었다.

선생님이 되고, 어린 시절을 생각하다 알게 된 사실은 꼭 내가 원하는 직업을 가진 사람만 배울 점이 있는 게 아니라는 것이다. 모든 작가, 모든 위인은 그 나름의 삶의 방향과 목적이 뚜렷하다. 그렇기에 책을 쓸 수 있었고, 위인이 될 수 있었다. 그렇기에 다양한 인생을 책으로 간접 경험하는 것도 좋은 교육이라고 생각이 들었다. 대신 독서록을 쓸 때 뻔한 문장을 나열하지 않도록 하고 싶었고, 어쨌든 이 세상엔 내가 경험해보지 못한 분야가 있고, 앞으로도 만날 수 없는 영역이 있다는 점을 알게 해주고 싶었다. 다양한 직업이 있고, 위대한 업적을 남긴 사람이 있으며, 좋은 성품을 가지고 꾸준하게 자신의 계획과 인생의 목표를 이루어 간 사람이 있다는 것을 나중에 이 독서록을 보면 바로 기억나게 하고 싶었다. 선생님들의 교육 방법이 꾸준하게 변화하고 발전해간다면 학생들에게 더 좋은 영향을 줄 것이라 믿는다. 내가 장영실에 관한 위인전을 읽으며 과학자를 꿈꿨던 것처럼.

체육 시간에 도서관 가기

한 주에 한 번 반별로 가질 수 있는 특별한 시간이 있다. 바로 체육 시간이다. 체육 선생님이 오시는 체육 수업과는 별개로 반 학생들끼리 모여 하고 싶은 체육 활동을 하거나 체육 이외의 다른 활동을 하거나, 다른 반과 함께 연합 수업을 진행하기도 한다. 필수로 체육을 해야 하는 것도 아니기에 부담이 덜하다.

우리 반 학생들은 '피구'에 진심인 친구들이다. 쉬는 시간에도 크고 넓은 공간을 찾아가 단 몇 분이라도 공으로 사람을 맞추는 놀이를 한다. 체육 시간에는 피구 게임이면 충분하다. 그렇게 피구를 열정적으로 하는 친구들이라서 체육 시간에 별 부담감이나 어려움이 없다. 다만 많은 수의 친구들이 함께해야 재미있는데 우리 반만 모이면 그다지 재미가 없다는 점이 가장 큰 흠이다. 한 반에 열 명 내외이기에 팀을 나누면 한 팀당 5명, 피구경기가 제대로 진행될 수가 없다. 그래서 다른 반과 연합도 해보며 경기를 해보기도 했다. 그렇지만 성에 차지 않아 고민하게 되었다. 체육이 들은 날이면 아침부터 아이들은 물어본다.

"선생님 오늘은 피구해요?"
"선생님 오늘은 밖으로 나가요?"
"선생님 다른 반이랑 하기 싫어요. 다른 게임 해요."

각양각색의 질문과 약간의 성토대회 비슷한 시간을 보내고 나면 점심 전까지 끊임없이 고민한다. 학생들도 즐겁고, 나도 즐거운 체육 시간이 될 수는 없을까? 그러던 때에 고등반 학생들은 체육 시간에도 공부한다는 소리를 들었다. 듣던 중 반가운 소리였다. 하지만 초등학생 친구들에게 공부하자고 하면 분명히 화를 낼 텐데, 어떻게 잘 설득해볼까 고민했다. 고등 반 친구들에게 물어보니 그들은 도서관을 가서 공부한다고 했다. 요즘 도서관이 예쁘다는 건 잘 알고 있었고, 나도 좋아하는데, 내가 알고 있던 학교 근처의 아중 도서관은 걸어가기엔 무리가 있다고 판단해 갈 생각도 하지 않았다. 하지만, 내가 잘못 알고 있는 정보였다. 아중 도서관보다 인후 도서관이 더 가깝다는 말과 함께 걸어가면 금방 갈 수 있다고 해서 도전하기로 마음을 먹었다.

　결정 후에 아이들에게 도서관을 갈 거라고 주변 친구들에게 전하라고 했더니, 역시나 반응은 미지근했다. 왜 체육 시간에 도서관을 가냐고, 체육 안 하고 왜 조용한 곳으로 가는 거냐고 폭풍 같은 질문들이 쏟아지기 시작했다. 걸어가는 시간이 10분 정도 되니까 왔다 갔다 빠른 걸음으로 운동한다고 생각하자고 둘러댔다. 그리고 도서관이 진짜 예쁘다고 하니 구경도 할 겸 한 번 가보자고 했다. 착한 우리 반 학생들은 더는 질문하지 않고(어쩌면 혼날까 봐 대꾸하지 않고) 빠르게 신발을 신고 나갔다. 교실에 가만히 있는 것보다야 낫다고 생각했을지도 모른다. 차도 근처를 지날 땐 일렬로 종종 따라오는 모습이 참 귀여웠다. 그렇게 도서관에 도착했나 싶었다.

아뿔싸, 이런 정보는 없었다. 왜 인후 도서관은 안 보이고 급한 경사가 있는 건지 설명해 주실 분? 문득 대학 도서관이 생각나면서 도서관은 높은 곳에 지어야 하는 법칙이 있는 것인가 하는 짧은 생각이 스쳐 갔다. 눈곱만큼도 건물이 보이지 않아 당황한 그 때, 학생들 역시 까마득한 언덕이 보이는 순간 자리에 멈춰 섰다.

"선생님 여기 올라가요?"
"도서관 온 거 맞아요?"
"미안, 선생님에게도 이런 정보는 없었어. 일단 올라가 보자."

묵묵히 걸어가는 친구들도 있고, 그 와중에도 강인한 체력을 가지고 오르막길을 뛰어 올라가며 대결하는 친구들도 있었다. 처음 가는 길은 익숙하지 않으니까 멀게 느껴졌을 텐데 묵묵히 그 길을 걸어 올라온 친구들 앞에 인후 도서관이 마침내 보였다. 마지막 힘을 모아 도서관 계단을 올라갔더니 느껴지는 화사한 느낌의 도서관! 딱딱하고 조용하고 숨 쉬는 소리조차 들리지 않도록 신경 써야 할 것 같은 도서관이 아니었다.
1층부터 어린이를 위한 자료실들이 양옆에 있었다. 책 마루(왼쪽, 어린이실)가 키움 마루(오른쪽, 영유아실)라는 이름을 가지고 있었다. 아이들은 이미 신이 났다. 문을 열고 들어가지 않아도 자연스레 입장하게 되는 이 열람실들은 아이들을 책과 가깝게 만날 수 있도록 도왔다. 나중에 도서관 여행을 하면서 알게 된 사실은 문이 없는 열람실을 구분하는 기준은 바닥 색깔이라고 하셨다. 역시 실내장식에는 모두 철학이 담겨 있다고 생각하게 되었다. 같이 움직이지 않으면 1층에서만 머무를 것 같다는 생각이 들어 함께 2층을 올라가서 둘러보고 1층으로 내려왔다. 초등학생들에게는 2층의 조용한 공간은 아직 어색한 느낌이 드는지, 긴 시간 있지 못하고 정수기를 찾아 물로 갈증을 해결하고 다시 내려왔다.

2층에서 좀 더 공간 구성을 보고, 우리 작은 도서관에 적용할 것은 없는지 고민하고 내려왔더니 아이들은 이미 자리를 잡았다. 영유아실까지 이미 둘러보고 미끄럼틀까지 야무지게 타고 왔다는 아이들은 오두막집 같이 생긴 곳에 눕다시피 앉아 책을 읽고 있었다. 다행이다. 아이들이 이미 이 도서관의 분위기에 적응했다. 그리고는 읽고 싶은 책들을 찾아 읽기 시작했다. 도서관을 방문한 이후 체육 시간에 관한 대화들이 편안하게 바뀌었다. 물론 더워지는 7월에는 도저히 걸어서 갈 수 없으니 6월까지로 정해둔 건 아쉽지만.

"선생님 오늘도 도서관 가고 싶어요."

"가는 건 솔직히 좀 귀찮은데, 도착하면 너무 좋아서 안 나오고 싶어요."

"우리 도서관도 이렇게 바뀌면 좋겠어요."

얘들아, 선생님도 그래.

나도 도서관에서 계속 있고 싶어!

책과 함께하는 여행

"눈이 보이지 않으면 눈이 보이는 코끼리와 살을 맞대고 걸으면 되고, 다리가 불편하면 다리가 튼튼한 코끼리에게 기대서 걸으면 돼. 같이 있으면 그런 건 큰 문제가 아니야. 코가 자라지 않는 것도 별문제는 아니지. 코가 긴 코끼리는 많으니까. 우리 옆에 있으면 돼. 그게 순리야"

-『긴긴밤』 중에서

책을 별로 좋아하지 않는 나에게 학생의 입장으로 독서 캠프를 참여하라고 한다면, 싫은 감정이 일어나 불편하고 괴롭다는 생각이 들 것이다. 하루도 아니고 며칠에 걸친 캠프

일정은 나를 힘들게 할 거라는 생각에 거부감이 먼저 찾아오기 때문이다. 그런 나의 마음은 나만 가지고 있는 감정이 아닐 것이다. 나와 같은 학생들의 입장을 충분히 공감하고 이해한다. 그렇기에 독서캠프를 참여하는 학생들에게 책 읽기의 즐거움을 알려주고 싶었다. 책 읽기를 좋아하지 않는 학생들이 책 읽기에 대한 부담감을 덜고, 책을 읽는 게 생각보다 어려운 일이 아니라는 것을 알려주고 싶었다. 또한 목차를 따라 끊어서 꼼꼼하고 천천히 읽는 법을 알려주고 싶었다. 또한, 책을 읽는 속도가 학생들마다 다르지만, 함께 속도를 맞추어 읽어나가면서 충분하게 생각하고, 생각을 나누는 것도 재미있는 시간이라는 것을 알려주고자 했다.

독서캠프의 주제는 '환경'으로 잡았다. 지구를 보호하고, 우리가 사는 환경이 위기 상태임을 알리는 것이 주된 목적이었다. 먼저 캠프가 진행된 학년은 초등 1학년부터 4학년까지이다. 선택한 책은 오주영 글, 심보영 그림의 『빨간 여우의 북극 바캉스』이다. 저학년 책이지만, 플라스틱으로 인한 해양오염에 관해 깊이 있게 생각할 수 있는 이야기책을 찾았다. 인간으로 인해 바다의 오염된 환경을 자연스럽게 보여주면서도 무겁지 않게 이야기를 잘 풀어낸 책이어서 재미있게 읽었다.

바닷가에서 찻집을 운영하는 빨간 여우가 휴가를 떠나는 주된 내용부터가 흥미를 갖게 했다. 읽기 전 활동으로 학생들에게는 표지를 꼼꼼히 살펴보게 했고, 표지 그림 속 소재들 하나하나를 짚어가며 무엇을 의미하는지, 동물은 무엇무엇이 나오는지 생각해보게 했다. 여우가 만나는 다양한 동물들과 그 속에 얽힌 이야기들 속에서 사람들이 동물들을 얼마나 많이 괴롭혔는지를 알 수 있었다. 특별히 <고래들의 숨 오래 내쉬기 시합>에서 많은 공감을 했다. 고래들이 숨을 내쉬며 쏟아져 나온 물건은 인간이 버린 각종 쓰레기였다. 덕분에 소화불량으로 배가 아파 힘들어하던 고래들의 속은 편안해졌다. 굉장히 유쾌하게 풀어냈지만, 불편한 감정도 함께 밀려왔다. 두 쪽을 가득 채운 바다에서 보이는 수많은 쓰레기로 고래들이 얼마나 힘들어했을지 감히 상상할 수 없었다. 글과 그림으로 함께 느껴지는 것은 인간들의 이기심이었다. 아이들이 실수로 장난감을 먹는다거나, 껌을 씹다가 잘못 삼켜서 힘들어하는 우리의 상황과 비교할 수 없는 고통이었을 거라는 생각이 들었다. 바닷가에서 놀다가 놓쳤던 물건들을 적극적으로 잡지 않고 파도에 떠내려가게 놔두었던 일들이 생각나 동물들에게 미안하면서도 많은 반성을 하게 했다.

　　읽기 후 활동으로 찻집을 운영하는 여우를 따라 우리도

매실차를 만들어보기로 했다. 감사하게도 일정이 맞아 올해의 매실을 구할 수 있었고, 매실청을 담그기로 했다. 어린 학생들의 고사리 같은 손으로 매실의 꼭지를 이쑤시개를 이용해서 땄다. 그리고는 설탕과 함께 큰 통에 차곡차곡 담았다. 시간이 지나 매실을 걸러내고, 원액을 받아 갈 날을 기다리며 아이들은 매일매일 매실이 담긴 통을 들여다본다.

뒷 내용을 상상하며 빨리 읽고 싶어 하는 학생들의 모습에 책에 대한 기대감을 높인 것 같아 뿌듯했다. 빨간 여우를 포함한 다른 등장인물들의 모습을 보면서 환경을 잘 지켜보겠다는 다짐을 하는 학생들의 이야기에도 교육의 효과가 느껴져 캠프 진행이 잘 된 느낌이 들었다.

다음 학년은 초등 5~6학년이었다. 이번 독서캠프의 주제는 '함께'였다. 함께 살아가는 사회 속에서 우리는 서로를 어떻게 대하는 것이 함께 더불어 살아가는 사회인지 고민하는 시간을 가지고 싶었다. 공동체 의식이 사라져가는 시대에 개인적인 것이 편안하다고 말하고 행동하는 문화를 거슬러, 함께 살아가는 것이 얼마나 아름다운 것인지를 생각하게 하고 싶었다.

책은 어렵지 않게 골랐다. 작년에 읽으면서 긴 여운이 남아 가르치는 학생들에게 여러 번 추천했던 책이었다. 『긴긴밤』은 제21회 문학동네 어린이 문학상 대상 수상작이다. 어린이 책이지만 표지가 너무 예뻤고, '대상'이라는 수식어가 주는 기대감으로 도서관에 놓을 겸 다른 수상작과 함께 주문했다. 도착해서 보니 길지 않아 바로 읽기 시작한 날 밤, 나는 몇 번이고 울컥하는 순간이 있었다. 늙은 코뿔소와 어린 펭귄의 여정을 오랜 시간 동안 마음속 깊이 담아두고 싶었다. 그리고 나의 긴긴밤을 함께 넘길 수 있는 '우리'라 불리는 친구들은 누구일까를 고민하는 밤이었다.

여름에 진행한 5~6학년은 분량은 짧지만, 여운이 긴 이 책과 함께했다. 책을 읽어가면서 중간중간 함께 생각을 나누는 시간을 가졌다. 독후 활동지에 질문을 적어 두고 학생들이 생각할 시간을 주었다. 그리고 참여한 모든 학생에게 발표 기회를 주었다. '우리'라는 말의 의미를 나누어보았고, 상상 이상으로 학생들의 대답은 멋졌다. 단어 선택, 구절, 문장의 의미 등 감동되는 부분들이 많았다. 배우고 가르치면서 서로가 성장한다는 뜻의 교학상장이라는 말이 생각났다. 학생들을 통해 많은 것을 배우고 느낀다.

책을 다 읽은 다음 날은 도서관으로 여행을 떠났다. 도서관에서 직접 진행하는 평일 도서관 여행은 15인 이하로 진행한다는 사실에 좌절했다. 하지만, 내가 직접 도서관을 골라

오전 오후로 나누어 시립 도서관을 하나씩 둘러보고 그곳에서 책을 읽게 해도 괜찮을 거라는 생각에 자체적으로 계획하고 진행했다. 비가 오는 날이라 3층 바깥을 나갈 수 없어 아쉬웠지만, 어린이들이 책 읽을 공간이 넉넉했던 금암 도서관, 주택가에 인접하여 늘 아이들이 많아 읽을 공간은 부족하지만 초등학생들을 위한 책이 많아 골라 읽는 즐거움이 있는 송천 도서관이었다. 도서관을 한 번도 가본 적이 없다는 친구에게도 좋은 경험이 되었고, 평소 다니던 동네에 있는 시립 도서관과 비교하며, 각각 도서관이 풍기는 분위기를 설명하는 친구에게도 즐거운 시간이 되었다. 모두 의자에 앉을 필요가 없는 개방형 창의도서관의 형태가 아이들에게 즐거움을 주었다. 읽다가 지루하면 미끄럼틀에서 잠시 놀면서, 서로 책을 추천해주는 모습 속에 책과 더 가까워진 느낌이 들었다.

독서캠프, 하기를 잘했다!

내가 책을 추천하다니!

우리 학교 아이들은 책을 사랑하는 친구들이 많고, 시간이 나면 책을 읽으려고 하는 학생들이 많다. 학교의 방침이 "No 스마트폰"이기에 일단 학생 소유의 휴대 전화가 없다는 것도 크나큰 이점이다. 쉬는 시간에 도서관으로 와서 학습 만화책을 빠르게 읽으며 즐거움을 찾는 학생, 복도에 서서 꽂혀 있는 책을 훑어보는 학생, 시간이 생기면 책을 읽겠다며 시험 후에 책을 빌려 가는 학생이 있다. 가끔은 나보다 학생들이 더 낫다고 생각한다. 책 읽는 속도가 매우 빠른데 허투루 읽지 않는 친구도 있고, 집에 있는 전집을 너무 많이 읽어다 외워버려서 재미없다는 친구도 있다. 어쨌든 책을 가까이 하며 살아가는 학생들 덕분에 나도 책을 놓을 수 없는 상황이 되었다.

　그러던 어느 날, 전주시 도서관에서 진행하는 도서관 여행을 다녀왔다. 특화 도서관인 학산숲속시집도서관은 정말 시집만 있는 도서관이었다. 목적이 확실해서 시집을 좋아하는 사람들이 찾아오면 좋을 거라는 생각이 들었다. 그러면서도 각 책장의 구성들도 확실했다. '고르다, 반하다, 만나다' 등의 구성들로 주제별로 묶어놓은 부분들이 예쁘기도 했고 책을 고르기 쉽게 구성한 점이 좋았다. 다른 특화 도서관과 시립 도서관 모두 내 눈을 사로잡은 것은 북 큐레이션 즉, 책을 주제별로 작가별로 선별하여 전시한 공간이었다. 요즘은 북 큐레이션이 대세라는 것을 느끼며 우리 작은 도서관에도 이런 공간을 만들어야겠다고 생각하게 되었다.

　하지만 주제를 고르기도 쉽지 않고, 무엇을 어떻게 골라 전시할지를 고민하다가 일단 신간 도서들을 모아 한 곳에 배치해야겠다고 다짐했다. 라벨 작업을 마친 책은 바로 분류별 위치를 찾아 넣지 않고, 한곳에 두어 먼저 눈이 가게 했다. 역시나 학생들은 '신간'이라는 것에 이끌려 왔다. 책등을 훑어

보고, 자신의 수준에 맞는 책인지를 고민하고, 꺼내 보고 한두 장 넘겨보다가 책을 대출하기 시작했다.

내가 추천하는 책들은 책을 대출하고 반납할 때 후기를 묻고 좋은 반응을 얻은 책, 대여량이 많은, 여러 해를 걸쳐 꾸준하게 대출된 책들이다. 책을 좋아하는 학생들에게 책을 추천하면 금방금방 읽어낸다. 나의 추천 도서를 다 읽어낸 친구들이 있다. 다음에 또 추천해달라고 찾아오기도 하고, 더 읽을 책이 없는지, 추천한 책과 비슷한 주제의 책이 도서관에 있는지 날카롭고 예리하게 묻는 말에 움찔할 때도 있다. 하.지.만. 추천할 책이 고갈되었음을 티 나지 않게 말한다.

'이제는 네가 스스로 읽을 책을 찾아봐. 선생님이 추천한 책들을 다 읽을 정도라면 너에게도 책을 고를 힘이 생기지 않았을까? 제목을 보고, 앞 뒤의 표지를 보고, 그 속에 담긴 힌트들을 보고 네가 책을 골라봐. 그러다 재미없으면 또 과감히 놓고 다른 책을 선택해보렴. 그런 것이 도서관에서 책을 읽는 즐거움 아니겠어?'

그 말을 듣는 학생은 자신감을 얻고 고개를 끄덕인다. 그 학생은 나는 책을 좀 읽을 줄 아는 사람이라는 자부심과 함께 읽을 책을 찾으러 떠난다.

어떤 학생은 내가 추천해준 책을 읽고는 다 읽었다며 매우 큰 소리로 이렇게 말하기도 했다.

"선생님, 이 책 겁나 재미있어요."

그 말을 옆에서 들은 같은 반 학생이 책을 바라보며

"제가 이제 그 책 빌려 갈래요."

라고 말했다.

그 책이 독서캠프를 진행했던 『긴긴밤』이었다. 그 책을 먼저 읽은 동생은 오빠에게 내용을 잘 전달하지 않았는지, 그 학생의 오빠는 이번 캠프를 하며 책의 내용에 몰입하여 충분히 책을 즐겼다. 이 책은 작년부터 주변에 너무 많은 소개를 해서, 동료 선생님들도 읽으셨고, 아들을 사주신 선생님도 계셨다. 좋은 책이 주는 감동은 나이를 가리지 않는다는 것을 몸소 경험한 일이 되었다. 책을 좋아하지 않는 나에게 책을 추천해달라는 말을 하는 주변 사람들에게 당당히 소개할 수 있는 멋진 책을 만나 뿌듯했다. 나는 늘 독서량이 부족하다 느끼는 사람이며, 국어 선생님이라는 직업이 주는 무게감을 느낀다. 그래서 웬만하면 책에 관한 이야기는 확실하지 않으면 언급하지 않는다. 하지만 『긴긴밤』을 통해 느꼈던 한 가지 확실한 사실은 꼭 어른들에게 어른들이 이해할 수 있는 두꺼운 책, 심오한 책을 소개할 필요는 없다는 것이다. 나이에 맞게, 수준에 따라 읽는 것이 공감이 되고 잘 읽을 수 있는 것은 맞지만 생텍쥐페리의 『어린 왕자』처럼 시대를 뛰어넘고 나이에 구애받지 않는 책들이 있으니, 내가 읽었을 때 좋은 책이라면 어린이 책이어도 어른들에게 추천할 만하다는 교훈과 자신감을 얻었다.

주변 사람들에게 추천하는 '나의 2021년 올해의 책'을 넘어 캠프를 진행하는 책으로 선정했다. 그리고 10명이 넘는 학생들, 캠프 진행자로 함께 해주신 동료 선생님 모두에게 좋은 책으로 인정받았다. 모두에게 좋은 내용을 전달할 수 있어 행복했고, '우리'에게 모두 이로운 시간이 되어 즐거운 추억이 되었다.

앞으로도 다양한 책을 읽어가며 추천해볼 생각이다. 삶을 좋은 방향으로 이끄는 책, 위로를 건네는 책, 공감을 얻으며 잔잔한 감동을 주는 책 등, 따뜻하고 아름다운 서사를 보이는 책을 잘 찾아내고 싶다.

국어 시간에 우리는 세상을 읽어야 해

수업하다 보면 때로는 내가 과학 선생님인지, 한국사 선생님인지, 국어 선생님인지 헷갈리는 느낌을 받을 때가 많다. 과학 지문을 읽어가다 보면 전문 용어가 쏟아져 나오고, 박테리오파지의 구조에 관해 이야기할 때가 특히 그렇다. 지문 분석을 하기 시작하면 생소한 용어가 나를 공격하는 느낌이 든다. 여러 번의 공격을 받아 눈빛이 흐려진 나와 아이들. 과학 시간 같다고 생각하는 학생들에게 나 또한 한숨 섞인 질문을 던지고, 학생들은 자신 없는 말투로 모호한 대답을 꺼내어 놓는다. 사실 우린 같은 마음을 공유하는 중이다.

일제강점기의 문학(특히 소설, 시)을 읽을 때면 한국사 시간과 특히 닮았다고 생각하게 된다. 시대를 이야기하지 않고는 작가의 마음을 이해할 수 없고, 시가 나올 수밖에 없는 환경을 설명할 수 없기 때문이다. 특히 우울하고 또 우울한 소설들을 가르친다는 자체가 너무 버겁다는 생각이 든다. 이 시대의 아이들은 족보, 가문, 신분제와 같은 용어도 익숙하지 않고, 누군가의 아래에서 비참하게 살아가는 인생이 어떠한 것인지 그 문화를 접해본 적이 없기에 그 상황을 설명하다 보면 한국사 시간으로 느껴지는 건 어쩌면 당연하다.

　　국어교육을 위한 문학적 접근도 필요하다. 하지만 학생들에게 익숙한 한국사를 토대로 접근을 시작하면 학생들이 때로는 더 친근하게 느끼기도 한다. 공부하는 것이 싫은 친구들에게는 국어 시간도 한국사 시간도 다 놓치는 안타까운 시간이 될 수 있겠다는 생각도 든다. 모든 수업은 연결되어 있다는 것을 강조하며, 특히 근·현대기의 작품들을 읽을 때면 국어 시간과 한국사 시간을 동시에 잡을 수 있을 거라고 학생들에게 설명하며 두 과목 모두 놓치지 말고 공부해보자고 이야기한다.

　　초등학생들과 홍길동전에 대해 배우는 날이었다. 인물이

71

처한 상황을 설명하다 보니, 처첩 제도가 무엇인지 개념을 설명해야 하고, 적서 차별이 무엇을 차별하는 것인지 알려주어야 한다. 그래야 홍길동의 아픔, 분노를 이해하고 영웅이 되는 상황을 논리적으로 응원하거나 비판할 수 있기 때문이다. 주인공의 마음을 내 세상과 비교하며 읽어나가는 건 세상을 이해하는 눈을 키워나가는 중요한 공부가 된다. 하지만 막연하게 상상만 하는 것은 공상 과학 소설을 읽는 것과 다를 바가 없다는 생각이 들었다. 학생들이 느끼기에 아빠를 아빠라 부를 수 없고, 형을 형이라 부를 수 없는 홍길동의 상황을 이해하기엔 너무 추상적이고 막연하다.

그러던 어느 날 홍길동전을 읽기 전 '신분제도'에 대해 이야기를 나누게 되었다.

"너희들은 대한민국에 신분제가 있다고 생각하니?"

말도 안 되는 선생님의 질문에 학생들이 술렁거리기 시작했다. 국민이 주인인 나라에서 국민의 계급을 나눈다는 건 있을 수 없는 일이다. 학생들은 종이 없고 노예가 없는 대한민국에 함께 사는 선생님이 한 질문의 의도와 방향을 전혀 알아차리지 못했다. 내가 느끼는 이 나라는 신분이 존재한다.

자본주의 사회에서 '돈'을 가진 자가 우위, 즉 신분상 위쪽을 차지하고 있다는 것이다. 일례로 비싼 차가 도로를 마음대로 헤집고 다니면 작고 소중한 경차들은 어쩔 수 없이 피해 다녀야 한다. 작은 차들이 도로 위에서 실수하면 주변 차주들은 경적을 울려대거나 창문을 내리고 경차 운전자에게 큰 소리로 욕하거나, 손으로 가리키며 운전자를 거세게 비난하기도 한다. 더한 경우에는 보복 운전을 하는 것도 보았다. 하지만 비싼 차주에게는 그런 일이 거의 일어나지 않는다. 이런 일들은 다양한 영상 매체에서 조금만 검색하면 나오는 증거 영상들이 있다.

엘사(LH가 공급하는 아파트에 사는 사람들), 빌라 거지(아파트에 살지 못하고 빌라에 사는 사람)와 같은 말도 이런 자본주의가 만들어낸 말이 아닐까 싶다. 몇 년 전에는 같은 아파트에 살면서 임대 세대는 놀이터 관리비를 내지 않는다는 이유로 임대 세대에 사는 아이들이 놀이터를 이용할 수 없게 했다는 기사를 본 적이 있다. 아이들이 '임대'가 무엇인지 알고는 있을는지, 차별을 받는 그 상황을 이해시켜야 하는 건지, 이런 일들은 누가 만들어낸 원칙이며, 아이들에게 어떤 영향이 가고 있을지 심히 걱정되는 대한민국의 상황이었다.

문화체육관광부가 발표한 우리나라 '2021년 국민 독서실
태' 조사 결과, 성인의 연간 종합 독서율은 47.5%라고 한다.
성인 둘 중 한 명은 책을 1년 동안 한 권도 읽지 않았다는 소
리이다. 이것보다 더 놀라운 사실은 독서율은 나이가 어릴수
록, 재산이 많을수록 높게 나타났다는 것이다. 영·유아, 어린
이들은 부모님들의 교육열이 한몫했다고 생각한다. 자녀에
게, 손주들에게 좋은 자극을 주기 위해 책을 읽어주고 책을
읽게 하기 때문이다. 무엇보다 아이들을 위한 책의 모습이
다양하기에 접근이 쉽다. 여러 가지 동화책, 전집류의 서적
들, 소리 책 등으로 다양한 문화 활동이 이루어진다는 것은
알고 있었다. 그런데, 독서율이 빈부격차와 비례한다는 사실
에 놀라웠다. 돈이 있어야 읽는다기보다 돈이 있는 사람들이
마음의 여유도, 책을 읽을 힘도 생기는 게 아닐까 싶었다.

　　돈으로만 사는 세상은 아니지만, 돈이 없으면 살기 힘들
거나 불편한 세상이라는 건 확실하게 느껴지는 요즘을 살고
있다. 어쩌면 내가 느끼는 신분제 사회인 대한민국도 나만
느끼는 불편함은 아닐 것이다. 아이들에게 이런저런 설명을

---

1) 문화체육관광부 누리집 https://www.mcst.go.kr/kor/s_policy/
　　dept/deptView.jsp?pDataCD=0406000000&pSeq=1861

하다 보니 홍길동은 어느새 사라졌고 조선 시대는 기억나지 않으며, 현대 사회의 불편함만 쏟아 놓다가 종이 쳤다.

학생들! 국어를 배운다는 건
내가 사는 세상을 함께 읽어가는 거란다.
결국 국어교육은 문학을 생산하고 소비하는
모든 세대끼리의 소통이니까.

동네 서점의 매력

"안녕하세요? 원하시는 책, 찾으시는 책이 있으시면 언제든 말씀해 주세요"

사람들이 나에게서 관심을 꺼주면 좋겠다. 어디든 '가게'에 들어가면 듣는 정형화된 이 말이 무언가 말해달라는 것도 아닌데 나는 왜 이리 불편한지 모르겠다. 그래서 새로운 공간을 들어가는 건 늘 긴장이 된다. 막상 말하기 시작하면 주인보다 더 많은 말을 할 수 있는 사람인데도 말이다. 다정한 주인장의 인사에 어색하게 입꼬리만 올라간 표정으로 대답인 듯 아닌 듯 눈만 살짝 마주치고 책으로 후다닥 눈을 돌리는 일이 부지기수이다.

　　학생들과 학교 행사에 참여할 부스 주제를 고민하다가 책을 판매해보자는 아이디어가 떠올랐다. 일반 서적을 팔지만, 무슨 책을 파는 것인지 알 수 없도록 랜덤박스의 느낌으로 팔아보자고 했다. 대신 그 책과 관련된 상품(사은품)을 같이 넣어 책을 받는 것과 동시에 선물을 받아 가는 느낌을 주자고 했다. 한 키워드에 두 권, 총 열 개의 키워드를 만들고 책을 골랐다. 모든 학생이 읽어 본 책을 파는 게 아니기에 온라인 서점에서 꼼꼼하게 책 내용을 보았고, 검색해서 올라온 서평들도 보았다. 그렇게 20권의 책을 골랐고, 함께 넣을 상품들도 신중하게 골랐다. 상품들은 주문했으니 택배를 기다리는 중이며 책을 사는 일만 남았다.

　　책을 사는 방법은 두 가지였다. 손쉽게 하는 방법은 온라인 서점에서 검색 및 주문하여 택배로 받는 일이고, 조금 귀찮고 오래 걸리는 방법은 동네 서점에 주문하고 받으러 가는 일이 있다. 그래도 의미 있는 일을 해보고자, 지역과 상생하는 방법을 찾기 위해 동네 서점에서 주문하는 것으로 결정했다.
　　도서관 프로그램을 통해 '잘 익은 언어들' 사장님의 강의를 들을 기회가 있었다. 강의 내용 중 전주는 인구수에 대비하여 다른 지역보다 서점이 많다고 하셨다. 또한 다양한 동네 서점만의 특색들이 있으니 특별함을 찾아보는 것도 즐거움이 될 거라 하셨다. 서점 지도를 보며 간략하게 설명하신 서점들의 모습은 정말 다양했다. 특정 분야의 책들을 판매하는 서점, 독립출판물만 다루는 서점, 전주에 유일하게 살아남은 지방 거점 서점 등 내가 모르는 서점의 모습을 지닌 동네 서점이 있었다. 내가 방문하기로 결정한 곳은 '잘 익은 언어들'이다. 강의하실 때 유쾌함이 묻어나오는 사장님의 말솜씨에 홀린 걸지도 모르겠다. 강의를 들은 지 몇 주가 지났고 동네 서점이 궁금해 가고 싶었지만, 마음과 다르게 발이 잘 움직이지 않아 고민하고 있던 차에 잘되었다는 생각이 들었다. 위치를 검색해보니 학교와 가까워서 찾아가기 수월해 다행스러운 마음이 들었다.

　　가기 전에 SNS를 찾아보니 직접 가지 않고도 주문하는 방법이 있어, 네이버 폼으로 주문서를 넣었다. 다음날에 연락이 왔고, 겹치지 않는 20권을 주문하는 거라 오래 걸릴 것을 예상했다. 주문하고 일주일을 넘게 기다렸다. 마음이 왜 조급해지는 건지 알 수 없는 마음이 들었다. 분명 행사 날짜는 넉넉하게 남았는데 연락이 안 오니 내가 먼저 연락하고 싶었다. 보름 넘게 남은 행사일을 생각해서 넉넉하게 주문하길 다행이었다. 일주일을 넘기고 주문한 도서가 다 왔다는 연락이 왔다. 연락 온 그날에는 내가 시간이 되지 않아 다음 날 동료 선생님과 함께 '잘 익은 언어들'을 방문했다.

언덕에 있는 '잘 익은 언어들'은 건물의 외면이 참 예뻤다. 곳곳에 적힌 책에 관한 문장들은 들어가기 직전에도 설레는 마음을 갖게 했다. 들어가서 20권 주문한 사람이라고 말씀을 드렸다. 주문서를 작성하시는 동안 서점을 천천히 둘러보았다. 시중에 판매되는 일반 서적을 판매하지만, 빽빽하게 꽂혀 답답한 느낌을 주는 일반적인 서점의 느낌이 아니었다. 다양한 큐레이션과 책 표지를 넉넉하게 볼 수 있도록 전시하는 느낌을 주는 책들, 높은 층높이를 가진 벽 책장에 사다리를 놓는 방식의 실내장식으로 한 번쯤은 꿈꾸는 책장을 실제로 볼 수 있게 했다. 책 위에 책의 내용을 미리 볼 수 있도록 써 붙여 두신 문장들로 보아 꼼꼼하고 다정한 사장님이실 거라는 생각이 들었다.

그 중 블라인드 북은 내가 따로 사고 싶은 마음이 들었다. 블라인드 북은 책 크기의 서류 봉투 안에 책을 담아두고, 포장된 봉투 위에 책 속 문장을 써두었다. 어떤 책이 들어있는지 모르는 상태에서 골라 사는 블라인드 북의 매력을 한눈에 느낄 수 있게 했다. 우리가 한 행사의 느낌과 비슷해서 이렇게 판매하는 것도 책을 고르는 재미가 있을 거라는 생각이 들었다. 그렇게 서점을 어느 정도 둘러보고 나니 계산할 시간이 되었다.

　　전주시는 '책이 삶이 되는 책의 도시'답게 좋은 서비스가 있다. 바로 전주 책사랑 포인트 '책쿵20'이다. 전주시립도서관 회원이라면 지역 서점에서 책을 구매할 때 20%를 할인해 주는 서비스이다. 또한 도서관에서 책을 빌리면, 마일리지가 적립되어 나중에 책을 살 때 이것으로 책을 구매할 수 있기도 하다. 시민, 서점, 도서관 모두 책과 연관되는 삶을 살아가도록 돕는 이 서비스 덕분에 도서관에서는 책을 더 대여해서 읽고 싶어지게 되고, 할인되는 금액이 있으니 책을 더 사도 괜찮겠다는 느낌도 들었다.
　　사실 서비스가 있다는 것만 알았을 뿐 이것을 이용하는 방법은 알지 못했다. 간편하게 생각했기에 책쿵20 서비스를 이용하여 결제하는 것은 조금 시간이 걸리는 방식이라 조금 당황했다. 책쿵20으로 결제하는 방식을 모르는 나와 같은 사람을 여러 번 만난 경험이 있으신지 사장님은 천천히 하라며 서비스를 가입하는 방법을 알려주셨다. 다행히 대출증도 가지고 있어 어렵지 않게 서비스를 이용하여 책을 구매할 수 있게 되었다. 20권의 책 외에 여러 가지 사은품들도 담아주셨다. 초등학생들이 좋아하는 책이 있었기에 초등학생들이 좋아하는 사은품도 주셨고, 예쁜 엽서 여러 개도 같이 담아 주셨다. 사장님이 직접 쓰신 책도 구매했기에 담아주시면서 반가운 책이 들어있다며 좋아하신 모습이 생각난다. 우리가 생각한 열 가지 키워드 중 '책과 함께'가 있었다. 요즘 '책'에 관한 소설이 인기도서에 올라가 있는 걸 볼 수 있다. 여러 가지 책을 고민했지만, 소설책 한 권과 사장님의 '책방면'을 구매하기로 한 것이 잘한 일이라는 생각이 들었다. 지난 도서관 프로그램의 강의를 들어 책방면을 알게 되었다는 말씀을 드렸더니 글은 잘 쓰고 계신 거냐며 되려 형태도 제목도 아무것도 없는 내 책의 안부를 물어보셨다. 속으로 매우 뜨끔했다. 그땐 시작도 안 한 상태였으니 당황할 수밖에. 어쨌든 새로운 책들을 받아 신나는 마음으로 책들을 두 손 무겁게 받아들고 나왔다.

바쁘고 바쁜 현대 사회에 살아가는 우리는 오늘 밤 열한 시에 주문해도 내일 바로 배송되어 집 앞에 오는 택배가 익숙하다. 그렇기에 동네 서점의 주문방식은 어쩌면 답답하고 느리다고 생각할지도 모르겠다. 하지만 확실한 건 사람 사는 온기와 여유를 느낄 수 있다는 점이다. 천천히 책들을 돌아볼 수 있고, 카페를 겸하는 서점에서는 산 책을 바로 앉아 읽어볼 수도 있다는 점이 가장 큰 매력이다. 책이 도착할 때까지 설렘을 유지할 수 있다는 점, 사장님과 얼굴을 대하고 손으로 직접 책을 건네받을 수 있다는 점까지, 아날로그 감성이 듬뿍 묻어나는 동네 서점에 방문해보는 건 어떨까?

결국엔 책

    사실, 나는 매우 현실적이고 모험을 좋아하지 않는 편이라 새로움을 경험하는 일은 지양하는 편이다. 가고 싶은 곳이 생기면 다양한 매체를 통해 미리 머릿속으로 그릴 수 있는 모든 환경을 그린다. 내 의지와 다르게 타인에 의해 가야만 하는 어쩔 수 없는 경우에는 더 철저하게 그곳을 사진과 영상으로 다녀온다. 가족끼리 해외여행을 가기로 하고 제일 먼저 했던 것은 구글 스트리트뷰로 도심에서 숙소까지 우리가 걸어갈 곳을 미리 가보는 일이었다. 현지의 상황과 다르겠지만 큰 건물과 도로 환경의 변화는 거의 없을 것이라는 생각으로, 무엇보다 지금의 내가 가진 두려움을 달래기 위해 하는 일이었다. 어차피 길치면서, 눈으로 보면 여기가 어딘지도 모르면서 머릿속으로라도 당당하게 걷고 싶은 나의 욕심이 반영된 결과이다. 결국 여행지에 도착해서 스마트폰을 켜고 움직일 텐데 지금의 두려움은 그렇게 없애야 했다.

코로나19는 우리의 삶 곳곳을 빠르게 바꿔 버렸다. '비대면'이라는 익숙하지 않은 단어가 빈번하게 사용되었다. 친구들과 만나는 약속들이 내 주변 사람들의 눈치를 보고 해야 하는 일이 되었다. 오랜 시간 동안 연락하지 않던 사람들과는 확실하게 관계가 정리되었다. 두 번째 외국 여행을 계획했던 우리 가족의 꿈은 처참히 무너졌다. 비행기표를 취소당했고, 하늘길은 막혔다. 새로움을 겪는 일이 힘들지만, 낯선 곳을 가족들과 함께 철저히 계획해서 떠나보겠다는 당찬 나의 다짐을 꺾게 만든 코로나19 사태로 인해 결국 항공사는 취소를 통보해왔다.

학생들과 만나는 학교 상황 역시 모든 면에서 새로워졌다. 일단 등교가 미뤄졌다. 지진으로 인해 수능이 연기되었던 일도 충격이었는데, 일종의 감기라고 생각했던 전염병으로 인해 3월 등교가 이루어질 수 없었다. 현장학습, 수학여행,

캠프, 체육대회까지 학생들이 학습 환경을 벗어나 즐길 수 있는 다양한 활동들이 전면 금지되었다. 전교생이 모이는 일은 있을 수 없는 일이 되었고, 마스크를 벗은 친구의 얼굴은 어색해졌다. 새로운 친구의 얼굴은 마스크를 벗으면 오히려 이상해 보일 정도였다. 마스크를 벗을 수 없는 상황에서 점심 식사 후 양치를 하도록 해야 하는지에 대한 부모님들의 고민을 듣는 것도 너무 어색했다. 매일 아침 집에서 열을 재고 등교한다. 기침이 나오면 학교 나오지 않아야 하고, 미열이 있는 경우에도 집에서 온라인으로 수업을 참여하도록 권유했다.

2년이 지나 3년 차인 지금도 별반 다르지 않다. 아침에 등교하면 손 소독을 하고, 열을 잰다. 거리두기가 해제되었지만, 학생들이 뭉쳐있을 때면 선생님들은 예의주시할 수밖에 없다. 간간이 아픈 친구들은 온라인으로 들어와서 수업을 듣고, 선생님들은 신경을 써서 그 친구와 소통을 이어나가야 한다.

수업을 계획하며 이제는 온라인으로 수업할 수 있는 온·오프라인 환경을 생각해야 한다는 것이 가장 큰 부담이 되었다. 어떤 상황에서도 수업할 수 있도록 만드는 일, 급하게 가정에서 수업에 참여하게 되어도, 선생님이 자택에서 수업해도 무리가 없도록 해야 한다. 가정에 꼭 필요한 도구들은 교과서가 아니라 컴퓨터, 태블릿과 같은 전자기기, 그리고 프린터였다. 직접 받은 수업 자료가 존재하지 않기에 학생들은 선생님들이 누리집에 올려주시는 자료들을 바로바로 인쇄해야 했다. 프린터가 없는 학생들은 화상 회의에서 얼굴은 보이지 못한 채 자료를 전자기기로 확인하며 수업을 들었다. 이때 모든 환경을 매끄럽게 진행하기 위해 수업 자료들은 PDF 파일로 만들어가야 했다.

　다른 과목 선생님들도 물론 어려운 부분들이 있겠지만 국어 선생님들의 가장 큰 어려움은 '긴– 지문'이다. 수업을 진행해야 하는 때에 매일 밤 컴퓨터를 붙잡고 지문들을 타자로 일일이 쳐야 했고, 급한 경우에는 그냥 사진으로 찍어 올리는 경우들도 많았다. 저작권 문제가 있기도 하고 상업적인 이용도 아니었지만 불법을 저지를 수 없기에 수업 중에 말로만 설명해야 하기도 했다. 온갖 답답함과 함께 화상으로 수업을 할 때면 나도 모르게 목소리가 커지기 시작했다. 시간 안에 들어오지 않는 학생에게 연락해야 했고, 수업 도중 형제가 여럿 있는 학생들은 옆 방에서 동생이 수업 중에 대답하는 큰 목소리가 우리에게도 들리는 재미있는 상황도 연출되었다.

　국어 선생님이기에 계속해서 글을 읽어가야 한다. 시대를 읽는 다양한 방법이 있지만, 시대의 흐름을 말하는 '책'이 매해 출간되고, 나올 때마다 인기도서가 되는 걸 보면 책은 앞으로의 환경에서도 주된 역할을 하는 매체라는 것을 알 수 있다.

이런 과정에서 종이책과 전자책, 둘의 관계는 끊임없이 논쟁거리였다. 미래에는 종이책이 사라질 것이고, 모든 종이로 된 자료들은 전자문서로 대체될 것이라는 전망과 그렇지 않을 것이라는 의견이 팽팽하게 맞서왔다. 코로나19를 만나며 학생들의 학습 변화를 일으킨 비대면 시대에 더 많은 논쟁이 있다. 이러나저러나 독서를 하는 사람들은 전자책 읽기와 종이책 읽기를 병행하고 있을 거라는 생각이 든다. 어떤 방식으로든 책을 좋아하는 사람이라면 어떤 형태로든 내 옆에 있다면 좋을 테니 논쟁까지 할 만한 요소가 되지는 않을 것이다.

나에게도 종이책과 전자책에 대한 고민이 있었지만, 사실 그리 중요하지 않았다. 전자책을 좋아하기보다 전자책을 읽을 수 있는 E-book 리더기가 더 갖고 싶은 입장이니까. 나를 위해, 책을 더 많이 읽는 환경을 만들기 위해, E-book 리더기 구매를 고민한 적도 있었지만, 사치이며 그것은 새로운 전자기기를 가지고 싶은 변명이라는 판단을 내렸다. 나는 책을 많이 읽는 사람이 아니기에 전자책을 위한 도구를 사기보다, 이미 있는 도구를 활용할 수 있는 방법을 찾았다. 그건 정기 구독으로 전자책을 보는 일이다. 가지고 있는 태블릿을 적극적으로 활용하자는 마음을 먹었다. 두 권만 읽어도 구독 값을 거뜬히 해내는 이 방법은 책을 읽는 사람이 되는 좋은 방법이 되었다. 애플리케이션으로 내가 읽고 싶은 책을 실컷 구경할 수 있었고, 오디오 북으로 미리 책의 분위기와 내용을 느낄 수도 있는 건 덤으로 얻은 즐거움이다. 특히 소설을 오디오 북으로 들을 때면 성우들의 감정을 담아 대화로 표현하고 있기에 책에 대한 접근이 쉬웠고, 듣다 보니 진행 속도가 느린 감이 있어 직접 책을 읽게 된 기적적인 일도 있었다. 전자책은 전자기기로 로그인만 해둔다면 어떤 기기로든 읽어낼 수 있다. 어디까지 읽었는지 표시해주고, 내가 표시한 많은 부분을 한 번에 모아 보여주는 간단하고도 쾌적한 전자책 활용으로 독서량이 늘었다. 책이 무겁다며 들고 다니지 않는 사람이건만, 이 시대는 나에게 책보다 무거운 태블릿을 필수품으로 들고 다니게 했다. 그러니 책을 읽을 수 있는 환경이 더 쉽고 쾌적하게 만들어진 것은 확실하다.

전자책 구독은 실컷 책을 읽을 수 있는 환경을 주기에 책과 관련된 MD에 대한 쓸데없는 욕심들을 줄여줄 거라고 생각했다. 하지만, 역시나 나에게는 책을 가지는 것과 MD를 가지는 것은 별개의 문제였나보다. 온라인 서점이란 'MD'를 사면 '종이책'을 주는 곳으로 보이는 건 나에게만 한정된 걸지도 모르겠다. 며칠 전에도 온라인 서점을 방문하여 MD를 함께 준다는 책을 여러 날 고민하다가 예약 구매했고, 기쁘게 손안에 넣었다. 그 책은 여전히 내 서랍장에 책등을 보인 채 앉아있지만, 읽을 날이 머지않았다고 생각하고 있다. 읽어달라 말하는 편의점 아르바이트생의 목소리가 들리는 느낌이 든다. 오늘 밤에는 표지와 똑같은 그 북 파우치를 옆에 두고, 종이책을 손에 들고 읽어야지 다짐해본다. 이제 나를 기다리고 있는 그 편의점으로 가봐야겠다.

여전히 부족하지만 _ 나오는 말

국어 선생님이라면 문학을 사랑하고, 책을 많이 읽는 사람이라고 생각하는 경우가 많다. 내가 생각하기에도 그렇다. 하지만 나는 그런 사람이 아니다. 문학작품을 읽기보다 문학관을 가는 것이 더 좋고, 원작 소설을 먼저 읽기보다 드라마를 본 후 소설을 읽으며 그 장면을 떠올리는 것이 더 행복한 사람이다. 그렇기에 학생들 앞에서 문학에 대해 더 심도있는 논의를 하기에 부족하다고 느낄 때도 있다. 그래서 책에 대한 정보를 찾으려 검색하고, 온라인 서점을 방문하고 있는 걸지도 모르겠다.

국어의 영역은 생각보다 넓다. 아쉽게도 선생님이 되어 알게된 것은 이해의 영역인 책을 '읽는' 일보다, 학생들의 표현 영역을 확인하는 '평가'에 익숙해지는 경우가 많다는 것이다. 또한 내 작품을 만드는 창작활동보다 학생들의 작품을 수정하고 보완하며 조언하는 편집 활동이 더 익숙하다. 나는 창작자인 작가가 아니라 학생들의 점수를 보고 판단하는 평가자인 셈이다. 그렇지만 단점만 있는 것은 아니다. 그 평가 과정을 지나오며 학생들이 숙제로 내는 글에는 매번 감동이 있다. 나보다 나은 학생들의 필력과 단어 선택에 놀란 적이 한두 번이 아니다. 더불어 매해 공모전 참가를 위한 시 쓰기를 하는 학생들이 느낀 창작의 고통을 이제야 나도 느끼게 된 것 같아 미안하며 고맙다. 이런 여러 가지 일들 가운데 그 안에서 아이들과 생활하는 것이 정말 재미있다는 것을 이 책에 잘 표현되었기를 바란다.

처음부터 끝까지 어떤 글을 써야 하는지 고민하는 일은 고통스러우면서도 즐거웠다. 내가 어떤 삶을 살아왔는지 돌아보게 된 계기가 되어 쓰는 동안 느껴보지 못한 생경한 느낌도 받았다. 하지만 다 쓰고 나니 후련하면서도 아쉬운 마음도 든다. 무엇보다 이 책이 나의 극히 일부만을 다루고 있다는 것을 느꼈다. 의도적으로 숨긴 나의 다른 모습을 꺼낼 용기가 없었을지도 모르겠다. 언젠가 나의 또 다른 부분을 표현할 책이 나올지도 모르겠다. 그때에도 이야기에 관심을 가지고 찾아와주신다면 더할 나위 없이 감사하겠다.

보잘것없지만, 소소한 국어 선생님의 이야기를 여기까지 읽어주셔서 고맙습니다.

국어선생님이지만, 책을 자주 읽지는 않아

ⓒ 김은수

초판 1쇄   2022년 10월 17일

기획   김은수
지은이   김은수
편집, 디자인   김은수
이메일   suubook_@naver.com

발행처   인디펍
발행인   민승원
출판등록   2019년 01월 28일 제2019-8호
전자우편   cs@indiepub.kr
대표전화   070-8848-8004
팩스   0303-3444-7982

정가 10,000원
ISBN 979-11-6756420-7 (03810)